Imagier CapOeira

Tome 1

Les éditions du petit CapOeirsite

Furrupa .CapOeira.

BERIMBAU

ATABAQUE

PANDEIRO

AGÔGÔ

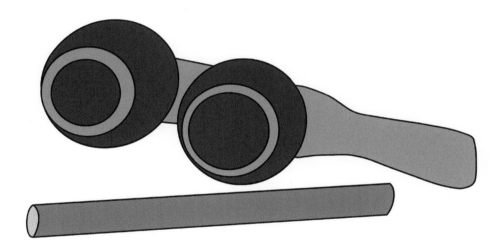

RECO-RECO

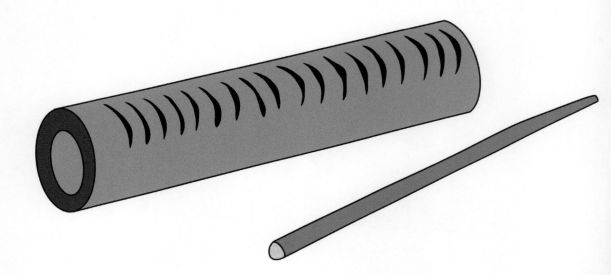

TRIÁNGULO
TRIANGLE

CAXIXI

GINGA

NEGATIVA

JOGO

JEUX

PONTE

PONT

BENÇÃO

AÚ

JOGO

JEUX

MARTELO

BANANEIRA

JOGO

JEUX

BRASIL

BRÉSIL

ÁFRICA

AFRIQUE

UM
UN

DOIS
DEUX

TRÊS

TROIS

QUATRO
QUATRE

CINCO

CINQ

Les éditions du petit CapOeirsite

Ouvrages à venir

La fabuleuse histoire du caxixi

Imagier CapOeira Tome 2

Imagier CapOeira Tome 3

Jeux pédagogiques

Les irrasterables (incollables version CapOeira)

Merci pour votre lecture.

*Les éditions du petit CapOeiriste vous invite à **noter ce livre sur Amazon** pour nous permettre de pouvoir proposer nos ouvrages à plus de personnes comme vous !*

Avec tout notre petit bonheur

www.apprendrelacapoeira.fr
www.capoeira-tarn.fr
Furrupa .CapOeira.

Printed in Great Britain
by Amazon

27603984R00016